Der Traum vom Lavendel

Der TRAUM vom Lavendel

Geschichten
aus der
Provence

benno

Bibliografische Information der Deutschen Nationalbibliothek
Die Deutsche Nationalbibliothek verzeichnet diese Publikation
in der Deutschen Nationalbibliografie; detaillierte bibliografische
Daten sind im Internet über http://dnb.d-nb.de abrufbar.

Besuchen Sie uns im Internet:
www.st-benno.de

Gern informieren wir Sie unverbindlich und aktuell auch in unserem
Newsletter zum Verlagsprogramm, zu Neuerscheinungen
und Aktionen. Einfach anmelden unter www.vivat.de.

ISBN 978-3-7462-6181-2

© St. Benno Verlag GmbH, Leipzig
Zusammenstellung: Volker Bauch, Gößnitz
Umschlagabbildung: © stock.adobe.com/Belahoche;
    © piixypeach/shutterstock (Lavendelgrafik)
Umschlaggestaltung: Rungwerth Design, Düsseldorf
Gestaltung & Gesamtherstellung: Kontext, Dresden (A)

Inhaltsverzeichnis

Auskünfte über den Lavendel

Sault, 1947

Nirgendwo ist der Lavendel schöner als auf den Drahtgestellen vor den Ansichtskartenläden. Da zieht er sich in sattem Blau die Hänge auf und nieder, schraffiert im tiefsten Licht die Hügelflanken und läuft im Spiel von Brennweite und Standort des Betrachters auf den Schatten einer Eiche oder eines kleinen Cabanons aus bleichem Kalkstein unter einem flachen Ziegeldach zu. Die Wirklichkeit, zum Beispiel in der Hochprovence der Drôme, auf dem Plateau von Valensole und auf den Höhenlagen des Massivs von Albion, ruft solche Bilder noch als Wunsch hervor. Was sie vereitelt, ist das Licht des hellen Tages, das allzu kann ich bald nicht mehr.

Bitte bleibe bei mir,
reiche mir die Hand.
Lass mich nicht alleine
im unbekannten Land.

Singe mir mir Lieder,
tu' was mir gefällt,
denn ich bin noch immer
Teil von dieser Welt."

Unbekannt

„Wo der Dom ist, bin ich zuhause", hat sie immer gesagt. Gedanken daran muss ihre Tochter Sophie (59) schmunzeln. „Das ist aber schon ein paar Jahre her ..." „Traurigkeit huscht über ihr Gesicht, die kurz darauf wieder verflogen ist. „Wir sind alle dankbar, dass wir meine

Mutter so lange bei uns haben dürfen".

Marie Züffkes Demenzkrankheit ist inzwischen so weit fortgeschritten, dass sie ihre eigene Tochter nicht mehr erkennt. Auch ihre Enkel sind ihr fremd. Neulich hat sie einer Ärztin in ihrem herrlich kölschen Dialekt angeboten: *„Sind se auch so müd? Kommen se, ich hab noch Platz im Bett".* Typisch Marie. Denn auch wenn die Krankheit jeden Tag ein bisschen mehr Macht über ihr Gehirn gewinnt, so wird sie in ihrem Herzen auf ewig das fröhliche kölsche Mädel bleiben, das sie immer gewesen ist ...

Mit 5 Euro Demenz bekämpfen. Danke!

Spendenkonto · GLS Gemeinschaftsbank
IBAN: DE91 4306 0967 1240 1338 01
BIC: GENODEM1GLS

HIRNLIGA E.V.
DEUTSCHLANDS ALZHEIMER FORSCHER

Wir kümmern uns ...

Marie Züffke* (86) ist ihrer Heimat Köln zeitlebens treu geblieben.

Menschen mit Alzheimer-Demenz brauchen einen Schutzengel!

„Im Kopf sind schwarze Wolken. Das Denken fällt so schwer.

blasse Blau der Linien, zu viel an Grün, zu wenig an Staffage: kein Baum in Sicht und keine kalk-steinblasse Hütte. Und wenn sich dennoch eine findet, dann prangen zuverlässig bunt-groteske Tags an ihren Wänden. Silber ist dabei des Vanda-lismus liebste Farbe.

Fragt man die Bauern nach der Schönheit des Lavendels, trifft man, wenn man Glück hat, einen Philosophen: „Eure Bauern haben Kühe. Kühe sind auch schön."

Was Mühe macht, das überlässt man heute gerne anderen: Während in der Hochprovence inner-halb von fünf Jahren (2005–2010) fünfzig Pro-zent der Anbaufläche von Lavendel aufgegeben worden sind und die Produktion von fünfund-achtzig Tonnen auf dreißig zurückgegangen ist, hat Bulgarien mit einer Jahresproduktion von fünfundvierzig Tonnen die Führung übernommen, China und die Ukraine rücken nach, und die globale Erwärmung könnte die Verhältnisse weiter verschieben.

Daneben wird das „Gold der Provence" bedroht von einer Krankheit, die sich im selben Zeitraum ausgebreitet hat. Sie wird von winzigen Insekten übertragen, die ausgerechnet den Zikaden ähneln, jenen gut getarnten Musikanten im Geäst der Pinien, die ähnlich zeichenhaft für die Provence sind wie eben jene Pinien und der bedrohte Lavendel. Zwei Millimeter groß sind diese Cicadelles. Sie übertragen den Erreger, ein Bakterium mit Namen Phytoplasma, auf die Pflanzen, in deren Wurzelwerk sie überwintern, sodass die Cicadelles sich aufs Neue infizieren können: ein lückenloser Teufelskreis. Insektizide verbieten sich von selbst: Sie unterbänden die Bestäubung des Lavendels genauso wie die Honigproduktion. Während es vom wirklichen Lavendel inzwischen robustere Arten gibt, ist der „Postkartenlavendel", der das Plateau von Valensole so unvergleichlich schön und „provençalisch" macht, weit schwieriger zu schützen. Er ist tatsächlich kein Lavendel, sondern Lavandin, ein Hybrid, größer, blauer und ertragreicher, wenn auch mit einer aufdringlichen Kampfernote. Er wächst bereits in Höhenlagen von zweihundert Metern, wirklicher Lavendel erst ab sechshundert, und Lavandin wirft seine Ernte schon im ersten Jahr ab. Des-

halb ist er so begehrt. Ihn schützt allein eine „Tarnung" der Pflanzen mittels weißen Lehms, der die Insekten irritiert.

So erscheint die Krise des Lavendelanbaus wie das Menetekel jeder Intensivbewirtschaftung in der Provence. Schon die Durchmischung des gekämmten Blaus mit Reihen von anderen Pflanzen verhindert die Verbreitung der Bakterien, die Rückkehr zum echten Lavendel, dort, wo er wächst, setzt dem Erreger Widerstand entgegen. Und so könnte die Zukunft der Lavendelwirtschaft in der Provence aussehen wie 1947. So wie hier: den Mont Ventoux hinab, hinauf nach Sault und links ab in das Seitental, wo den Sommer über die Distillerie du Vallon in einem unverputzten schlichten Scheunenbau ihr langes Pfeifchen schmaucht: blendend weißer Dampf, von Zeit zu Zeit gemischt mit schwarzem Qualm, beides verwirbelt vom Wind. Die industrielle Erzeugung des Lavendeldestillats in Druckkochern, wie man sie andernorts findet, setzt den therapeutischen Aromen des Lavendels mit hohem Druck und Temperaturen von mehr als zweihundert Grad Celsius zu – und verändert dabei oftmals ihre Molekularstruktur. Hier aber ist alles so wie 1947, als Félix Reynard seinen Betrieb, Reynard & Cie, begründete – und alles so wie Jahrhunderte zuvor. In zwei runden Kesseln von je viertausendzweihundert Litern entzieht man hier dem blassblauen Lavendel seinen wunderbaren Duft und macht ihn haltbar für die vielen Zwecke der Verwendung. Schonende Destillation im Dampf bei niedriger Temperatur ist das allseits bekannte Geheimnis, dem man so selten folgt. Wobei die „niedrige" Temperatur so niedrig gar nicht ist: Vor einem wahren Höllenschlund in einer Zwischendecke des Baus steht ein Mann mit einer großen Gabel und befeuert die Kessel mit Lavendelstroh. Die luftige Textur der trockenen Rispen und ihr letzter Hauch von Öl erzeugen ein Feuer von tausenddreihundert Grad, hundert mehr, als nötig sind, um einen Menschen in Asche zu verwandeln! Der Krimi aus der Hochprovence um den perfekten Mord ohne Leiche wartet noch auf seinen Autor.

Im Dampfkessel, hier sind es zwei für jeweils bis zu einer Tonne an Lavendel, entzieht ein Dampf von bis zu hundertachtzehn Grad den Pflanzen ihr Aroma, steigt nach oben und kühlt in einem zweiten Kessel das Produkt in Spiralen herunter. So gewinnt man wieder Wasser und darüber, leichter als Wasser, die begehrte Essenz. Das Wasser lässt man unten ab, was bleibt, ist die Essenz.

Vier bis fünf Tage hat der Lavendel nach dem Schnitt auf diesen Augenblick gewartet, je nach Sonne und Mistral, damit die Stängel trocknen. Ihr Öl soll nicht entzogen werden, einzig das der Blüte. Die moderneren Verfahren häckseln alles und entziehen allem alles Öl nach dem Motto: Wohl bekomm's! Nach der Dampfdestillation trocknet der Lavendel noch ein letztes Mal, befeuert dann mit dem Öl seiner Stängel die Veredelung der ganzen Art und würzt die Luft im ganzen Tal durch das blanke, hohe, fest verzurrte Ofenrohr.

Es ist ein würdiges Geschäft, das hier betrieben wird. Mühsam, wenn man es verstanden hat. Schön anzusehen ist dabei nur wenig. Und schon gar nicht der Lavendel, der auf einem Wagen draußen wartet. Blau wie auf den Ansichtskarten ist er nicht. Der blaue nämlich, so erfahren wir erst, als wir fragen, ergibt nur einen schlechten Duft.

Michael Bengel

Hommage an die Provence

„Gott war ein Provencale", sagte der Poet Frederik Mistral.

Wie wahr! Ein Garten Eden – Lebenslust und Kräuterduft. Mensch sein.

Sich beim Zirpen der Zikaden einfach nur wohl fühlen. Hier, wo einst die hochentwickelte Antike auf gastliche Kelten traf, Barbaren in den Süden drängten, wo dir auf Schritt und Tritt Kultur begegnet.

Eine Region, die nicht nur ich als den Vorgarten des Paradieses bezeichne, die mich einst (Mitte der sechziger Jahre) in ihren Bann zog.

Niemals gingen mir die endlos scheinenden, blauen Lavendelfelder von Valensole oder vom Plateau d'Albion aus dem Sinn ...

und niemals wieder habe ich Sonnenblumen gelber leuchten sehen als in La Provence.

Wer sich eine kindliche Seele bewahrt hat, wer noch Staunen kann, seine Sinne öffnet, wird spüren, wie sich diese Region unwiderruflich in die Seele brennt.

Licht und Farbe bestimmen die Provence, Olivenbäume, Korkeichenwälder, riesige Weinfelder ... und der über allem liegende Duft des Lavendels betören deine Sinne.

Liebevolle Menschen, die unter schattenspendenden Platanen Boule spielen, dort, wo unzählige Brunnen dir Abkühlung bieten.

Die Zeit scheint stillzustehen ...
bis Glockenschläge aus altem Gemäuer dich leise in die Wirklichkeit holen.

Die Begegnung mit der Provence erlebte Petra Becks auf besondere Weise.

Nach einer schweren Wirbelsäulenoperation, am Krankenbett sitzend, versprach ich, ihr das Paradies zu zeigen. Sechs Wochen später fuhr ich sie (im Wagen liegend) über das Drôme Tal in die Haute-Provence.

Eine Liebe auf den ersten Blick.

Wer aus lauter Glück heraus weinen kann, ist wahrlich ein Mensch, hatte ich einst geschrieben.

Ich hingegen sah das Glück in Sturzbächen auf mich zufließen.

Mitten in einem Sonnenblumenfeld stehend, den Kopf in den Himmel und der Wind in ihren Haaren, so erlebte sie ihre Provence.

Seither ist sie verheiratet. Verheiratet mit dem Mont Ventoux, Montagne Sainte-Victoire, mit Gordes, L'Isle-sur-la Sorgue … und ganz besonders mit ihrem Roussillon.

Und dennoch habe ich keine Eifersucht in mir. Wie oft habe ich Pinsel, Staffelei und Farben unter sengender Sonne über Lavendelfelder steinige Anstiege emporgeschleppt, wie oft hatte ich sorgenvoll beobachtet, wenn sie wie besessen versuchte, einen Moment im Bild festzuhalten, wie sie über Stunden auf ihr Licht wartete … um dann hektisch Farben zu mischen, um eben jenen Augenblick im Bild zu verewigen. Sie malte, bis die Zikaden ihr Konzert einstellten … und in diesen Stunden wurde mir bewusst, dass ein Mensch von diesem Licht gefangen werden kann.

Wenn ich sie aus einiger Entfernung beobachtete, sah ich oft ein Lächeln über ihr Gesicht huschen, ihr Erstaunen über einen einzigartigen Himmel. Sie malt mit dem Herzen, bringt ihre Provence hervor … und jedes Bild ist wie ein Sonnenstrahl, der über meine Seele streicht.

Il fait très chaud

Es ist sehr heiß!
Dennoch lässt der Mistral
die Zypressen schwingen.

Die nahe Klinik von St. Paul
erscheint von den Hügeln
beim Steinbruch
im gleißenden Sonnenlicht.

Der Himmel ist stahlblau,
ein Blau,
was der junge Tag
soeben erfunden haben mag,
ein Licht,
stark und grell ...
alles intensiver erscheinen lässt.

Ich gehe Wege,
die einst
Vincent van Gogh
gegangen ist, und verweile.

Die Schönheit
dieser Landschaft
trägt mich fort.

Nirgends
hat das Licht
mehr Leuchtkraft
als in Frankreichs Süden.

Der Tag mal sich selbst,
über dreihundert Mal im Jahr.

Zikaden begleiten
meinen Weg
nirgends lauter
als in Saint-Rémy.

Ein neuer Tag, früher Abend.
Die Sonne steht tief.

Méjannes-lès-Alès,
ein kleines Dorf
am Rande der Cevennen.

Auf dem Dorfplatz
spielen alte Herren
ihr Spiel mit glitzernden Kugeln.
Pétanque!

Michel diskutiert mit Alain
über den letzten Wurf ...
und ich trinke genüsslich
meinen Pastis.

Von der Dorfmauer sehe ich
inmitten eines Lavendelfeldes
eine Staffelei und einen Sonnenhut.
Ich schmunzle.

Fast violett
erscheint uns der Himmel ...
und selbst der alte Michel
bringt ein
„Mon Dieu"
hervor.

Zypressen erscheinen blau
und die Dorfkirche
leuchtet in warmen Ockerfarben.

„Bien vivre",
bemerkt Alain.

Tief unten im Feld
bewegt sich eine Figur ...
eine Staffelei unter dem Arm.

Je suis content!
C'est ma femme!

Reinhard Irskens

Willkommen in der Provence

Der Markt in Aix gilt als einer der schönsten der ganzen Provence. Das bunte Gewimmel der Stände zieht sich von der Place des Prêcheurs vor der Église de la Madeleine durch die kleinen Gässchen rund um die Place de Verdun bis auf den Cours Mirabeau hinab. Es ist Jahre her, seit ich das letzte Mal hier war.

Meine Freundinnen haben ein Vorurteil gegen den Markt. Ganz besonders Eloise. Sie hält es für hinterwäldlerisch, dort einzukaufen. Ihr ist der Markt nicht modern genug. Es gibt keine Parkplätze wie im Supermarkt. Keine Aircondition, keine Kühlelemente, keine Ananas. Überhaupt ist das Angebot auf lokale Waren beschränkt.

Auf Bauern aus der Gegend. Auf diejenigen, sagt Eloise, die es nicht geschafft haben, eine Supermarktkette beliefern zu dürfen. Hinterwäldler eben! Oder noch schlimmer: Aussteiger! Die produzieren in irgendwelchen Kooperativen unter zweifelhaften hygienischen Bedingungen Rohmilchkäse oder Terrinen. Ausgerechnet Terrinen! Fleisch und Fett. Der perfekte Nährboden für jede Art von Bakterien. Es mag gut aussehen, es mag sogar gut riechen, aber natürlich hat man keine Chance, auch nur im Entferntesten herauszukriegen, was da alles drinsteckt. Ein aufgeklärter Mensch, findet Eloise, würde so etwas gar nicht anfassen.

Ich muss zugeben, dass ich mich von ihr habe beeinflussen lassen. Nachdem ich aber dabei bin, mein Leben radikal zu ändern, gebe ich dem

Markt eine zweite Chance. Dafür ist Sandy die ideale Begleitung.

Sie liebt die Provence. Und ihr kann es gar nicht rustikal genug sein. In ihrem Gepäck befinden sich diverse Gegenstände aus rostigem Altmetall, die sie unterwegs in sogenannten Bauernhof-Ateliers erworben hat und die man ihr an der Flughafenkontrolle in Marseille mit ziemlicher Sicherheit abnehmen wird, weil die undefinierbaren Teile genauso gut auch Waffen sein könnten.

Auf dem Markt will sie Gewürze kaufen – Herbes de Provence und natürlich Lavendel. Schon am ersten Stand stürzt sie sich auf die Auslage und presst verzückt ein Lavendelsäckchen an ihre Nase. Im Zuge meiner neuen Offenheit tue ich es ihr gleich und kriege sofort einen Hustenanfall. Das Zeug riecht nach Staub, Lavendel kann man darin nur ganz entfernt erkennen. Das Mütterchen hinter der Auslage blinzelt mich unschuldig an. Jede Wette, dass die kein Lavendelfeld zu Hause hat! Wahrscheinlich kauft sie ihre Ware zu Billigpreisen im Bon Prix und lässt sie dann ein halbes Jahr auf einem staubigen Dachboden liegen, damit sie diesen Muffgeruch annimmt. Ich schaue das Mütterchen böse an und ziehe Sandy weiter. Das hat zur Folge, dass Sandy mich nun für eine Expertin hält und mir auf den nächsten zweihundert Metern jedes Lavendelsäckchen, an dem wir vorbeikommen, zur Beurteilung ent-

gegenhält. Nach geschätzten dreißig Säckchen ist meine Nase derart betäubt, dass ich ihr beim einunddreißigsten Säckchen den Kauf empfehle. Wir sind bei dem ganzen Experiment nicht weiter als fünfzig Meter gekommen.

Und als Nächstes will Sandy Seife kaufen. Die wird hier an jedem zweiten Stand angeboten. Die schiere Fülle bringt mich zum Schaudern. Ich kann unmöglich an all diesen Seifen riechen und sehe mich deshalb gezwungen, meine Expertenrolle zu überdenken. Seife, sage ich, ist hier überall von guter Qualität. Vermutlich stimmt das sogar. Sandy jedenfalls ist begeistert. Sie kauft ein, als ob sie zu Hause selbst einen Laden eröffnen möchte. Ihre Freude ist ansteckend. Bevor ich mich's versehe, habe auch ich eine Seife gekauft. Naja, drei, um genau zu sein. Feige, Honig und Rosen. Ich bin ja jetzt im Tourismus-Geschäft, denke ich, da kann man das schon verantworten. Auch wenn ich die Rosenseife ganz bestimmt für mich selbst verwenden werde.

Danach ist der Bann gebrochen. Als wir den Früchte- und Gemüsemarkt auf der Place de Prêcheurs erreichen, staune ich wie eine Touristin über die Berge von Birnen und Melonen, die prallen Weintrauben, die glänzenden Auberginen und über Tomaten, die aussehen, als würden sie wirklich wie Tomaten schmecken. An einem Stand wird Käse zum Probieren angeboten, an einem anderen hält man uns Schinken entgegen. Es gibt Oliven in unendlichen Variationen, getrocknete Kräuter und wunderschöne Blumen. Die Fülle ist beinahe überwältigend. Ich kann nicht widerstehen und kaufe einen Strauß Sonnenblumen, den ich mit einer Hand kaum halten kann, und stolpere ansonsten Sandy hinterher, die ja schließlich kochen kann und deshalb in diesem Teil des Marktes von jemandem wie mir ganz bestimmt keine Expertise mehr benötigt. Wir kaufen Käse, Olivenpaste, Salami und Gewürze und bleiben an drei Gemüseständen stehen, damit Sandy das Angebot unter die Lupe nehmen kann. Mit dem vierten ist sie schließlich zufrieden.

Ich kann ihre Wahl nur gutheißen. Nicht unbedingt wegen der Ware. Die kann ich nicht beurteilen. Aber hinter der Auslage steht ein unglaublich gut aussehender Mann. Er ist braun gebrannt, hat ein Grübchen am Kinn, und eine von der Sonne gebleichte Haarsträhne hängt ihm verwegen in die Stirn. Versteckt hinter meinem Sonnenblumenstrauß beobachte ich ihn, während Sandy ganz auf die Tomaten konzentriert ist. Sie will ein Kilo und wählt jede Frucht einzeln aus. Dann kauft sie noch Zwiebeln und Auberginen, und anschließend sieht sie sich die Melonen an. Das braucht eine Menge Zeit. Was mir nur recht sein kann, denn ich bin in den Anblick seiner Hände versunken, die das Gemüse verpacken. Er hat lange, schlanke Finger, die eher zu einem Pianisten als zu einem Bauern passen, und auf dem Handrücken kleine blonde Härchen. Außerdem ist er freundlich. Im Gegensatz zu den meisten Franzosen scheint er Sandys Versuche, Französisch zu sprechen, durchaus zu schätzen. Und er überrascht uns beide, indem er ins Englische wechselt, als er sie gar nicht versteht. Das ist für einen Franzosen nun mehr als ungewöhnlich. Und dieser Mann scheint die Sprache wirklich zu beherrschen. Folglich ist er gebildet. Ein Philosoph unter den Bauern, denke ich und träume vor mich hin, während er mit Sandy über Früchte diskutiert. Das Thema interessiert mich nur am Rande, aber es ist ein Vergnügen, seiner Stimme zuzuhören.

Ich schrecke zusammen, als er sich zu meiner Überraschung plötzlich an mich wendet, mit flinken Fingern eine Frucht aufschneidet und mir ein Stück entgegenhält. „Vielleicht möchte die Dame hinter den Blumen sich ebenfalls von unserer Qualität überzeugen?"

Ich bin ja eher der Schokoladentyp. Aber meinem Veränderungsprozess kann es nur helfen, auch mal was Neues auszuprobieren. Ich schiebe die Blumen in meine Armbeuge, und als ich nach der Frucht greife, berühren sich unsere Finger. Mich durchfährt es siedend heiß, und ich fühle mich wie ein Teenager, als ich unter seinem Blick die süße Frucht in den Mund stecke. Sie schmeckt

wunderbar. Besser als alles, was ich je gegessen habe. „Was ist das?", frage ich.

Sandy sieht mich erstaunt an. „Eine Nektarine", sagt der Mann und sieht mir tief in die Augen. „Biologisch dynamisch angebaut. Das macht den Geschmack aus." Dann lehnt er sich über die Auslage und streckt seine Hand aus. „Sie haben da noch etwas Saft am Kinn."

Sandy kichert. Völlig unangebracht. Der Mann lächelt mich an. Der Moment dehnt sich zur Ewigkeit. Bis aus dem Nichts eine Frau auftaucht, sich neben ihn stellt und ihm einen Kaffee entgegenhält. „Hier. Schwarz mit Zucker. Und hör gefälligst auf zu flirten, Félix. Die Leute warten."

Brigitte Guggisberg

Die Sterne

Ein Hirte aus der Provence erzählt:
Damals, als ich die Tiere hütete auf dem Lubéron,
blieb ich ganze Wochen auf den Weiden, ohne eine
lebendige Seele zu sehen, allein mit meinem Hund
Labri und meinen Lämmern. Von Zeit zu Zeit kam
der Einsiedler vom Mont-de-l'Ure vorbei, um Heil-
kräuter zu suchen, oder ich gewahrte das schwarze Gesicht irgendeines Köhlers aus dem Piemont;
aber das waren einfältige Leute, schweigsam geworden in der Einsamkeit; sie hatten die Lust zu
reden verloren, und keine Ahnung, wovon man
sprach unten in den Dörfern und Städten. Darum war ich wirklich sehr froh, wenn ich alle vier-
zehn Tage vom heraufführenden Weg die Schelle

des Maultiers aus unserem Hof vernahm, das mir
die Vorräte für die nächsten zwei Wochen brach-
te, und ich nach und nach über dem Rand des Ab-
hangs den aufgeweckten Kopf des kleinen Güter-
buben Miarro oder die rote Haartracht der alten
Tante Norade auftauchen sah. Ich ließ mir von den
Neuigkeiten aus dem Tiefland berichten, von den
Taufen und Hochzeiten; aber was mich besonders
interessierte, war zu hören, was aus der Tochter
meiner Herrschaft wurde, unserem Fräulein Stéphanette, dem hübschesten Mädchen in zehn
Meilen Umkreis. Ohne mir den Anschein allzu großer Neugier zu geben, setzte ich mich ins Bild, ob
sie häufig zu Festen oder Abendtreffen ging, ob ihr
immer noch Anbeter nachliefen. Wer mich fragt,
was diese Dinge mir, dem armen Hirten auf dem
Berg, bedeuten konnten, dem will ich zur Antwort
geben, dass ich zwanzig Jahre alt war und dass

diese Stéphanette das Schönste war, was ich in meinem Leben gesehen hatte.

Eines Sonntags, als ich die Lebensmittel für die nächsten zwei Wochen erwartete, ergab es sich, dass sie erst sehr spät ankamen. Am Morgen sagte ich mir: „Es ist wegen der hohen Messe." Dann, gegen Mittag, zog ein großes Gewitter auf, und ich vermutete, das Maultier habe nicht aufbrechen können wegen des schlechten Zustandes der Wege. Endlich, gegen drei Uhr, der Himmel war sauber gewaschen, der Berg glänzte von Wasser und Sonne, da hörte ich durch das Tropfen von den Blättern und das Rauschen des angeschwollenen Bachs hindurch das Schellen des Maultiers, so fröhlich, so hell wie ein ganzes Glockenspiel am Ostertag. Aber es war nicht der kleine Miarro, auch nicht die alte Norade, die das Maultier lenkte. Es war ... erratet, wer! Unser Fräulein, Kinder! Unser Fräulein in Person, aufrecht sitzend zwischen den Weidenkörben, rot wie eine Rose von der Bergluft und der Frische nach dem Gewitter.

Der Kleine war krank, Tante Norade auf Besuch bei ihren Kindern. Die schöne Stéphanette teilte mir das alles mit, als sie vom Maultier stieg, und auch, dass sie so spät komme, weil sie sich im Weg geirrt habe; aber wenn man sie ansah, sonntäglich herausgeputzt mit ihrem geblümten Haarband, dem glänzenden Rock und den Spitzen, dann schien sie sich eher bei einem Tanzanlass verspätet, als ihren

Weg durch die Büsche gesucht zu haben. Oh, das reizende Geschöpf! Meine Augen wurden nicht müde, sie zu betrachten. Ich hatte sie tatsächlich noch nie so aus der Nähe gesehen. Manchmal im Winter, wenn die Herden ins flache Land zurückgekehrt waren und ich abends auf den Hof zum Essen kam, dann ging sie lebhaften Schrittes durch das Zimmer, fast ohne ein Wort mit den Dienstboten zu reden, immer hübsch zurechtgemacht und ein wenig stolz … Und jetzt hatte ich sie hier vor mir, nur für mich allein; war das nicht zum Den-Kopf-Verlieren?

Als sie die Vorräte aus dem Korb hervorgeholt hatte, begann Stéphanette sich neugierig umzuschauen. Sie hob ein wenig den schönen Sonntagsrock, der schmutzig werden konnte, und trat in den Schafpferch ein; sie wollte die Stelle sehen, wo ich schlief; die Futterkrippe mit dem Stroh und dem Schaffell darin, meinen großen Überwurf, der an der Mauer hing, meinen Hirtenstab, meine Steinbüchse. All das erheiterte sie.

„Also hier lebst du, mein armer Schäfer? Wie musst du dich langweilen, immer so allein. Was tust du? Woran denkst du …?"

Ich hatte gute Lust zu antworten: „An euch, Herrin", und ich hätte nicht gelogen; aber meine Verwirrung war so groß, dass ich kein Wort hervorbrachte. Ich glaube, sie merkte es, und die Böse machte sich noch einen Spaß daraus, meine Verlegenheit mutwillig zu steigern: „Und dein Schätzchen, Schäfer, steigt es zuweilen herauf, dich zu besuchen …? Sicher ist es die goldene Ziege oder die Fee Estérelle, die nur auf den höchsten Bergspitzen vorübereilt …"

Sie selbst kam mir vor wie die Fee Estérelle, wenn sie so sprach, mit dem hübschen Lachen auf ihrem erhobenen Gesicht und der Eile, davonzugehen, die aus dem Besuch eine bloße Erscheinung machte.

„Adieu, Schäfer."

„Lebt wohl. Herrin."

Und schon ging sie davon, die leeren Körbe mit sich führend.

Während sie auf dem abschüssigen Weg verschwand, schien mir, als fielen die Steine, die unter den Hufen des Maultiers rollten, mir einer um den anderen aufs Herz. Ich hörte ihnen noch lange zu; und bis ans Ende des Tages verharrte ich wie halb im Schlaf. Ich wagte nicht, mich zu regen, aus Angst, mein Traum würde verfliegen. Gegen Abend, als es im Grunde der Täler schon blaute und die Tiere sich blökend eins ans andere drängten, um in den Pferch zurückzukehren, da hörte ich, dass jemand von unten herauf nach mir rief, und ich sah unser Fräulein wieder auftauchen, aber jetzt nicht mehr lachend wie beim ersten Mal, sondern zitternd vor Kälte, Angst und Durchnässung. Anscheinend hatte sie unten am

Berg die Sorgue vom Gewitterregen stark angeschwollen vorgefunden und war, als sie dennoch versuchte, sie zu durchqueren, beinahe ertrunken.

Das Schlimme war, dass man zu dieser späten Stunde nicht mehr daran denken konnte, zum Hof zurückzukehren; denn auf dem Querweg hätte sich das Fräulein nie allein zurechtgefunden und ich durfte die Herde nicht verlassen. Der Gedanke, die Nacht auf dem Berg verbringen zu müssen, plagte sie sehr, vor allem wegen der Sorgen, die ihre Familie sich machen würde. Ich aber versuchte, so gut es ging, ihr Mut zu machen: „Im Juli sind die Nächte kurz, Herrin ... Das dauert bloß einen bösen Schimmer, ein Hauch von Licht auf der Seite des Sonnenuntergangs." Ich bat unser Fräulein, sich im Innern des Pferchs auszuruhen. Auf frischem Stroh breitete ich ein schönes, ganz neues Fell aus und wünschte ihr eine gute Nacht; dann ging ich hinaus und setzte mich vor die Türe ... Gott ist mein Zeuge, dass mir trotz des Liebesfeuers, das mein Blut versengte, kein schlechter Gedanke kam. Ich fühlte nichts anderes als großen Stolz, wenn ich daran dachte; dass in einer Ecke des Pferchs, nahe bei der neugierigen Herde, die ihr beim Schlafen zusah, die Tochter meiner Herrschaftsleute ruhte, meiner Obhut anvertraut – wie ein Lamm, aber weißer und kostbarer als alle anderen. Nie war mir der Himmel so tief, die Sterne so

glänzend vorgekommen … Plötzlich öffnete sich die Gittertür des Pferchs, und die schöne Stéphanette trat heraus. Sie konnte nicht schlafen. Die Tiere machten das Stroh rascheln, wenn sie sich rührten, oder blökten in ihren Träumen. So zog sie es doch vor, in die Nähe des Feuers zu kommen.

Da warf ich ihr ein Fell über die Schultern, schürte die Flammen, und wir saßen dicht nebeneinander, ohne zu sprechen. Wenn ihr jemals eine Nacht unter freiem Himmel zugebracht habt, dann wisst ihr, dass zur Stunde, da wir schlafen, eine geheimnisvolle Welt erwacht in der Stille und Einsamkeit. Dann rauschen die Quellen heller, in den Teichen flammen kleine Lichter auf. Alle Geister der Berge kommen und gehen frei herum; es ist ein leises Weben in der Luft, kaum wahrnehmbare Geräusche, als ob man hörte, wie die Zweige wachsen, das Gras sprießt. Der Tag, das ist das Leben der Wesen, aber die Nacht, das ist das Leben der Dinge. Wenn man es nicht gewohnt ist, wird einem Angst … Daher zitterte unser Fräulein und schmiegte sich an mich beim geringsten Geräusch. Einmal stieg ein langer, trauervoller Ruf wie auf Wellen zu uns herauf, ausgegangen vom Teich, der weiter unten glänzte. Im selben Augenblick glitt eine schöne Sternschnuppe über unsere Köpfe hin in die gleiche Richtung, als ob die Klage, die wir soeben gehört hatten, ein Licht mit sich trüge.

„Was ist das?", fragte Stéphanette mit leiser Stimme.

„Eine Seele, die ins Paradies eingeht, Herrin"; ich schlug ein Kreuzzeichen.

Sie bekreuzigte sich ebenfalls und verharrte einen Augenblick sehr nachdenklich, den Kopf erhoben. Dann sagte sie: „Ist's denn wahr, Schäfer, dass ihr zaubern könnt, ihr Hirten?"

„Ganz und gar nicht, mein Fräulein. Aber wir leben hier näher bei den Sternen, und wir wissen besser als die Leute im Tiefland, was dort oben vor sich geht."

Sie schaute immer noch nach oben, den Kopf auf die Hand gestützt, eingehüllt in das Schaffell wie ein kleiner überirdischer Hirte. „Wie viele es gibt! Und wie schön sie sind! Noch nie habe ich so viele gesehen ... Kennst du ihre Namen, Schäfer?"

„Ja, gewiss, Herrin ... Seht! Gerade über euch, das ist der ‚Jakobsweg'. Er führt von Frankreich schnurgerade nach Spanien. Sankt Jakob von Galizien hat ihn hingezeichnet, um dem tapferen Helden, Karl dem Großen, den Weg zu zeigen, als er gegen die Sarazenen zog. Weiter hinten seht ihr den ‚Seelenwagen' mit seinen vier leuchtenden Rädern. Die drei Sterne, die vorangehen, sind die ‚drei Tiere', und jener ganz kleine beim dritten, das ist der ‚Wagenlenker'. Seht ihr ringsum den Regen von fallenden Sternen? Das sind die Seelen, die der liebe Gott nicht bei sich haben will ... Ein wenig weiter unten, da ist

der ‚Rechen‘ oder die ‚drei Könige‘. Die dienen uns Hirten als Uhr. Ich muss nur hinschauen, dann weiß ich, dass jetzt Mitternacht vorbei ist. Noch ein wenig tiefer, immer gegen Mittag, leuchtet ‚Hans von Mailand‘, die Fackel der Gestirne.

Über diesen Stern erzählen sich die Schäfer eine Geschichte. Danach soll ‚Hans von Mailand‘ eines Nachts mit den ‚drei Königen‘ und dem ‚Hühnerhof‘ zur Hochzeit eines befreundeten Sterns eingeladen gewesen sein. Der ‚Hühnerhof‘, eiliger als die anderen, brach, so sagt man, zuerst auf und folgte einer höheren Bahn. Seht, da oben ist er, ganz oben am Himmel. Die ‚drei Könige‘ schnitten ihm weiter unten den Weg ab und holten ihn ein; aber der Faulpelz ‚Hans von Mailand‘, der zu lange geschlafen hatte, blieb ganz und gar zurück, wurde wütend und warf, um sie aufzuhalten, seinen Stock nach ihnen. Deshalb heißen die ‚drei Könige‘ auch der ‚Stock Johanns von Mailand‘. Aber der schönste aller Sterne, Herrin, das ist unser ‚Stern der Hirten‘, der uns leuchtet am Morgen, wenn wir die Herde hinauslassen, und auch am Abend, wenn wir sie wieder einschließen im Pferch.

Wir nennen ihn auch ‚Magelone‘, die ‚schöne Magelone‘, die dem ‚Peter von Provence‘ nachzieht und sich alle sieben Jahre mit ihm vermählt.“

„Wie, Schäfer, es gibt also Hochzeiten zwischen den Sternen?“

„Aber gewiss, Herrin."

Und als ich versuchte, ihr zu erklären, was es mit diesen Hochzeiten auf sich hatte, da fühlte ich etwas Kühles und Zartes, das sich leicht an meine Schulter lehnte. Es war ihr vom Schlaf schwer gewordenes Haupt, das an mir ruhte mit einem hübschen Knistern des Haarbands, der Spitzen und des gewellten Haars. Sie blieb so, ohne sich zu regen, bis zu dem Augenblick, da die Gestirne des Himmels blasser wurden, ausgelöscht durch den aufsteigenden Tag.

Ich aber schaute sie an, wie sie schlief, ein wenig verwirrt im Grunde meines Herzens, aber auf fromme Weise geschützt durch die klare Nacht; die mir immer nur gute Gedanken eingegeben hat. Um uns setzten die Sterne ihren schweigenden Lauf fort, folgsam wie eine große Herde; und bisweilen stellte ich mir vor, einer dieser Sterne, der zarteste, der leuchtendste, habe seine Bahn verlassen und sei gekommen, sich auf meine Schulter zum Schlafen zu legen ...

Alphonse Daudet

Feigenhans

Vor fünfundzwanzig Jahren kam ich am Fuße eines Feigenbaumes zur Welt, an einem Tag, da die Grillen zirpten und die Feigenblüten sich in der Sonne öffneten und ihren Honigtropfen absonderten, der eine Perle bildete. Das ist gewiss eine hübsche Art, geboren zu werden, aber ich hatte nichts dazu beigetragen.

Bei den Schreien, die ich von mir gab (meine Mutter, die brave Frau, stöhnte nicht einmal), eilte mein guter Vater, der im oberen Teil des Feldes arbeitete, herzu. In der Nähe sprudelte eine Quelle; man wusch mich im Quellwasser; mangels Windeln wickelte meine Mutter mich völlig nackt in ihr rotes Halstuch; damit mir warm ge-

nug sein sollte, nahm mein Vater, um mich einzu-
hüllen, ein Paar erdige Socken, die zum Trocknen
an den Zweigen des Feigenbaumes hingen, und
da die Sonne sank und der Tag sich neigte, legte
man über den Packsattel auf dem Rücken unse-
res Esels Blanquet zwei große Säcke aus gefloch-
tenem Spartgras; in den einen setzte sich meine
Mutter, in den anderen steckte mein Vater mich,
gleichzeitig mit einem Korb voll frischer Feigen.
So hielt ich durch das Tor Saint-Jaume Einzug in
Canteperdrix, begleitet und umgeben von den
Glückwünschen und vom Lachen aller unserer
Nachbarn, die wie wir durch den hereinbrechen-
den Abend von den Feldern vertrieben wurden;
bis zum Hals verlor ich mich in den großen frischen Blättern, mit denen man den Korb sorgfäl-
tig zugedeckt hatte. Das Bett muss weich gewesen sein, aber die Feigen waren etwas zerdrückt.

Seit jenem Tag blieb mir der Beiname Feigenhans, und nie nannten die Leute meiner Heimatstadt mich anders, denn alle trugen wie ich ihre Spitznamen: Weißraben, Aderlassfläschchen, Fresswölfe, Platons, Ciceros, Fischottern, Marder und Schwalben.

Wie Sie sehen, war mein Los äußerst bescheiden, leider stammte ich weder von einem Notar noch von einem Grundbuchbeamten ab – die beiden großen Würdenträger hierzulande. Doch obgleich ich ein Bauernsohn bin und meine ersten Windeln aus alten durchlöcherten erdigen Socken bestanden, so bin ich dennoch von gutem Herkommen. Die kleine Stadt Canteperdrix – zwischen ihrem Felsen, ihren Stadtmauern und ihrem Fluss gelegen – wurde wie so viele andere Städte in unserem Teil des Südens seit undenklichen Zeiten bis zur Herrschaft Ludwigs XIV. mehr oder weniger republikanisch regiert. Außerdem – und für dieses Erbteil bin ich denen, die es mir hinterlassen haben, wirklich dankbar – war es mir vergönnt, mit feinen Händen und stolzem Wesen zur Welt gekommen zu sein, sodass ich hinfort ohne Ausbildung imstande war, mich manierlich zu benehmen und vor niemandem zu kuschen; das sind die beiden großen Geheimnisse der Lebensart, so will es mir jedenfalls seither scheinen.

Wer kann im Übrigen bei gründlichem Suchen ausschließen, nicht doch ein wenig adelig zu sein,

vor allem in einem Land, wo die Ware Adel verlieh? Ich bin genauso adelig wie ein anderer; einer meiner Vorfahren, der mit König René aus Neapel kam, hat anscheinend als Erster den Granatapfelbaum in die Provence eingeführt. Und, um weniger weit zurückzugehen: in der Gegend erinnert man sich noch an Vincent-Petite-Epée, meinen Großvater mütterlicherseits. Wie oft hörte ich seine Geschichte erzählen! Als letzter Spross einer erlauchten verarmten Familie besaß Vincent einige Jahre vor 1789 nach tausend Abenteuern zur See und in der Garnison als einziges Vermögen zwei oder drei Tagwerke Reben, die er selber hegte. Er vermählte sie geschickt mit drei oder vier Tagwerken Weideland, die ihm eine Nachbarstochter als Mitgift einbrachte. So wurde meine Großmutter geboren. Doch obgleich er Bauer geworden war, trug Vincent weiterhin den Degen. Die Leute, die sahen, wie er als Edelmann gekleidet hinter seinem Esel in den Wald ging, riefen ihm zu: „Schönen guten Tag, Vincent l'Espazette! ... Nanu, Vincent, was macht Ihr denn mit dem großen Säbel?" Und der gute Vincent entgegnete, ohne sich über ihren Spott zu ärgern: „Reisig schneiden, meine Freunde, Reisig schneiden!"

Einmal – es war wohl der glücklichste Augenblick in meinem Leben, da war mein Gemüt zu allen Eitelkeiten bereit – geschah es, muss ich gestehen, dass ich mit meinem Adel ernst machte. Einige Monate gab sich mein Schneider die Ehre, mich als Ritter Feigenhans einzukleiden, und ich sehe noch, wie ich am kleinen Finger meiner linken Hand einen goldenen Siegelring blinken ließ, dessen blaues Wappen einen Haufen reifer Feigen trug.

Paul Aréne

Reise nach Toulon

Nach Toulon, nach Hyères, ins schöne Land, wo die Zitronen blühen, mussten wir, in dieser Nähe desselben, doch eine Wallfahrt unternehmen. Eine junge, im nämlichen Hause wohnende Engländerin hörte von diesem unseren Vorsatz und bat, uns begleiten zu dürfen. Da sie in ihrem eigenen Wagen mitfahren wollte, so willigten wir gern ein. Sie war ein zartes, kränkelndes Wesen, wie so viele ihrer Landsmänninnen, unbehilflich in dem fremden Land und voll nationaler Eigenheiten und Gewohnheiten, die sie nicht ablegen konnte und die ihr unter diesen damit unbekannten Menschen jeden Schritt erschwerten. Während des Krieges war sie ihrer zerrütteten Gesundheit we-

gen mit ihrem Vater, einem Parlamentsmitglied, und ihrer Schwester nach Frankreich gekommen. Bei dem unerwartet schnell ausgebrochenen Kriege wurde diese Familie, wie alle damals in Frankreich anwesenden Engländer, auf höchst widerrechtliche Weise für kriegsgefangen erklärt, der Vater nach Verdun geschleppt, und die arme kranke Lucy blieb des wärmeren Klimas wegen bei ihrer Schwester in Toulouse, die sich indessen dort mit einem angesehenen Mann verheiratet hatte. Mit hohem Erröten, fast weinend über das Gefühl der in ihren Augen damit verknüpften Schande, gestand uns Lucy das Unglück, einen Franzosen zum Schwager zu haben, sodass wir nicht wussten, ob wir mit ihr darüber weinen oder über den komisch-ernsten Ausdruck ihres gekränkten Patriotismus lachen sollten. Jetzt war sie auf dem Wege nach Verdun zu ihrem Vater und glaubte, nur einen ganz kleinen Umweg zu machen, indem sie von Toulouse über Marseille, Toulon und Hyères nach Verdun reiste. Denn obgleich alle englischen Damen in ihren Pensionen Geografie lernen, so haben sie doch keinen Begriff von der Größe der Welt, besonders des festen Landes, indem sie immer ihre kleine Insel, die ihnen das Größte dünkt, zum Maßstab nehmen.

Da stand nun das wirklich liebenswürdige junge Mädchen ganz allein in der wildfremden Stadt, mit einem englischen Kutscher, ein paar englischen Pferden und einer französischen *femme de chambre* von der schlimmsten Art, die sie ganz treuherzig unterwegs in einem Gasthofe angenommen hatte, weil die von ihrer Schwester mitgegebene Engländerin wieder umgekehrt war, da sie der Provence keinen Geschmack abgewinnen konnte. Der Kutscher behauptete, seine Pferde wären die klügsten Personen im ganzen Lande, weil sie doch wenigstens Englisch verständen, und Miss Lucy hätte bald aus dem nämlichen Grunde dasselbe von uns behauptet; wenigstens erschienen wir ihr höchst tröstlich in dieser peinlichen Lage.

An einem sehr schönen Morgen machten wir uns also in zwei Wagen auf den Weg. Miss Lucy, mit Yoricks empfindsamen Reisen in der Hand, die ihr unterwegs zum Leitstern dienen sollten, behauptete: sie müsste überall hin, wo Yorick gewesen

wäre, an dessen strenger Wahrheit in Beschrei-
bung des Landes sie nicht den mindesten Zweifel
dulden wollte. Wir durchfuhren die mit Bastiden
besäte Umgegend von Marseille und kamen bald
ans Ufer des Huveaune, der jetzt still und silbern
unter grünen Bäumen dahinfloss, oft aber zum
reißenden Bergstrom wird und großen Unfug an-
richtet. Bei *la Renarde*, einer der schönsten Bastiden, stiegen wir aus. Hier ist eins der lieblichsten
Fleckchen auf Gottes Erdboden, wo man gleich
hätte Hütten bauen mögen. Das artige Wohnhaus
liegt auf einer kleinen Höhe, an deren Fuße der
Strom durch ein liebliches, grünes Tal voll herr-
licher Bäume sich windet und zuletzt, wild brau-
send, vom Felsen in die Tiefe stürzt. Hohe, teils
nackte, teils mit Zypressen und Fichten bewach-
sene Felsen schützen den freundlichen Ort gegen
die sengenden Strahlen der Sonne und den alles
Leben aussaugenden Mistral; daher grünt und
blüht hier alles in unbeschreiblicher Pracht. Nur
ein bescheidener Küchengarten liegt dem Wohnhaus zur Seite, und die französische Gartenkunst
tut unstreitig sehr wohl daran, hier keine Verschö-
nerungen zu wagen.

Hinter la Renarde wird die Gegend wilder; zuletzt ziehen sich die steilen Felsen um eine enge
Kluft zusammen, durch die der Weg sich windet.
Lucy war außer sich vor Freude über den schönen Greuel (beautiful horror) und rezitierte eine

Menge Beschreibungen ähnlicher Gegenden von Thompson, Shakespeare und allen möglichen namhaften englischen Dichtern, die jeder gebildete Engländer bei solchen Gelegenheiten zur Hand hat. So traurig die Natur hier eigentlich ist, so besitzt sie für Nordengländer in der Tat einen ganz eigenen Reiz. Die Vegetation zwischen den wunderbar gezackten Felsen hat nur eine Art von geistigem Leben; nichts ist grün; die Olivenbäume, welche zwischen den Steinklüften wachsen, der Lavendel und ähnliche Kräuter, die überall sprossen, sehen alle grau aus, aber ein süß-berauschender Duft steigt aus ihnen empor, die Felsen glühen im Abendschein, und tausend Zikaden klingeln ihr einfaches Lied unaufhörlich.

Wir übernachteten in dem tief im Grunde liegenden, von Felsen umgebenen Städtchen Cuges. Ringsum bedeckt wildwachsendes Kaperngesträuch die Felsenwände. Diese klimmende Pflanze wird dadurch zum Hauptnahrungszweig der Einwohner, welche die eben sich zeigenden Blütenknospen mit großer Sorgfalt sammeln, sie auf der Stelle in Essig einmachen und dann zur Versendung in alle Welt verkaufen. Ein sehr angenehmer Duft, fast wie von Zedernholz, kam uns beim Einfahren in den Ort entgegen, dessen Ursache wir bald in dem Kaminfeuer entdeckten, welches unsere Engländerin nach ihrer Landessitte im Gasthof anmachen hieß, um die Luft im

Zimmer zu trocknen. Die Leute brennen nämlich in Cuges nur Rosmarinholz. Diese bei uns so zarte Pflanze wächst hier in ihrer Heimat zu einem Strauch von ansehnlicher Größe heran, mit mehr als armdicken Zweigen, und die Wurzeln davon, welche man vorzüglich gern brennt, sind noch weit stärker.

Hinter Cuges führt der Weg eine sehr steile Anhöhe hinauf. Zwar ist er breit genug; dennoch grauste uns vor dem Abgrunde, der seitwärts schwarz und fürchterlich den Reisenden angähnte. Oben empfing uns ein wunderschönes Tal, von noch höheren Felsen umgeben, durchrauscht von einem wilden, schäumenden Bergstrome, zu welchem mehrere silberhelle Quellen von den Felsengipfeln pfeilschnell hinabeilen. Reben, Mandeln, Olivenbäume und Maulbeerbäume wachsen zwischen dem Gestein üppig hervor; an einigen Stellen erheben die malerischen Felsen ihre zackigen Häupter hoch gen Himmel und stehen schroff und zürnend da; aber wo nur irgendein fruchtbares Plätzchen sich zeigt, hat auch der fleißige Mensch gebaut, und die Mischung von Kultur und widerstrebender Natur in diesem Tale gibt der Gegend einen unnennbaren Reiz. Der steinige Weg zwang uns, viel zu Fuß zu gehen. Miss Lucy war damit besonders zufrieden, denn hier und nirgends anders wollte sie durchaus den Schauplatz von Yoricks empfindsamen Abenteuern entdecken, vor

allem den Berg, auf welchem er eine Pächtersfa-
milie zum Abendgebet tanzen sah. Leider war keine Spur von dem allen zu finden, gar nichts, das
nur von ferne einen sentimentalen Anstrich hatte,
wollte uns begegnen; und zu Miss Lucys Herze-
leid ging in dieser poetischen Gegend alles ganz
prosaisch seinen Gang.

Allmählich ziehen sich die Felsen von beiden
Seiten zusammen, sodass der Strom und der
Weg das immer enger werdende Tal einnehmen;
die Olivenbäume und alle Kultur verschwinden;
die Felsen erheben sich höher in immer küh-
neren Formen, und wir betreten das wilde Tal
von Olliules, in welchem in früheren Zeiten und
auch während der Revolution große Räuber-
banden hausten. Im wild verworrenen Labyrinth
dieser grauenerregenden Klüfte ward es ihnen
leicht, Verfolgern zu entgehen oder sich gegen
sie zu verteidigen; und selbst jetzt noch betritt
der einsame Wanderer diese Gegend nur mit
Schauern als eine der unsichersten. Alles Leben
verstummt hier in der wildesten Einöde; kein
Vogel singt; selbst die Zikaden meiden den Ort,
wo auch kein einziger Halm dem harten Stein
entkeimt. Wild braust der Strom neben dem
steil in die fürchterliche Tiefe hinabführenden
Wege, der sich durch enge Klüfte krümmt; dro-
hend blicken die unersteiglichen Felsen auf ihn
herab, oft neigen sie sich gegeneinander über

den Weg hin, einem ungeheuren Gewölbe ähnlich, durch dessen Spalte nur ein schmaler Streif des Himmels sichtbar wird; oft treten sie so vor, dass wir nicht begreifen konnten, wo wir hergekommen waren und wo wir wieder hinauswollten. Seitwärts blickt man in noch engere Täler, in finstere Höhlen und schwarze, furchtbare Abgründe und Steinklüfte. Alles ist öde, verworren, wie bestimmt zum Schauplatz dunkler Taten, die das Licht der Sonne scheuen. Große Felsenblöcke liegen überall zerstreut umher, als wären sie in grauer Vorzeit von Riesenhänden herumgeschleudert. Im heißen Sommer, wenn die Strahlen der Sonne von diesen Felsenwänden zurückprallen, verschmachten Menschen und Tiere in der glühenden Hitze, und oft verunglücken sie, wenn bei Gewitterregen der Strom wild anschwillt und plötzlich das ganze Tal überschwemmt.

Eine gute Stunde lang durchzogen wir diese steinerne Wüste, bis sich wieder die ersten Olivenbäume zeigten, als freundliche Boten des wiedererstehenden Lebens der Natur. Wir erblickten von ferne das Dörfchen Olliules in dem immer weiter und freundlicher werdenden Tale. Wir kamen näher und sahen mit unaussprechlicher Freude die ersten Orangenbäume in den Bauerngärten, sich beugend unter der Last der goldenen Früchte und dabei mit Blüten besät.

So plötzlich waren wir aus dem Eingang der Höl-
le ähnlichen Felsenschlund in das Elysium ähnliche Land unserer schönsten Träume versetzt,
sodass uns alles wie Feenzauber erschien. Ju-
belnd vor Freude legten wir den uns jetzt zu kurz
dünkenden Weg von Olliules bis Toulon zurück,
durch eine paradiesische, in der üppigsten Vegetation blühende und grünende Ebene, von vielen
hundert Bastiden der Einwohner von Toulon be-
lebt, bis zu dieser Stadt, wo wir im Malteserkreuz
ein sehr gutes Absteigequartier fanden.

Johanna Schopenhauer

Avignon

Avignon, 5. September 1809

Obgleich uns noch manches in Lyon zu sehen übrig blieb, so glaubten wir doch, es unseren geringen Mitteln schuldig zu sein, von einer Gelegenheit zu profitieren, mit der wir auf einem Schiff, das diese Nacht Truppen nach Spanien abführte, für einen sehr wohlfeilen Preis bis Avignon in Zeit von zwei bis drei Tagen gelangen konnten.

Um zwei Uhr nach Mitternacht embarquierten wir uns auf der Saône mit ungefähr hundert Kanonieren, unter denen wir auf einer leeren Tonne bescheiden Platz nahmen. Bald schnarchte Alles um uns her, und die dichte Finsternis, die mit

ihrem schwarzen Schleier die Gegenstände bedeckte, gab uns Anlass, Glossen über die schlech-
te Beleuchtung der Stadt zu machen, in der wir
langsam hinfuhren, ohne mehr als hie und da ein
einsam brennendes Lämpchen zu entdecken. Es
ist in der Tat sonderbar, wie sehr die Nacht in dieser großen Stadt noch ausschließlich dem Schlaf
geheiligt ist; ein Fußreisender, der nach 10 Uhr
abends hier anzukommen gedächte, würde gut
tun, sich mit Licht und Mundprovisionen zu ver-
sehen, wenn er sich nicht den Kopf an den Häu-
sern einzustoßen und hungrig zu Bett zu gehen
wünschte. Mir ging es wenigstens beinah so, als
ich am vorigen Abend in der elften Stunde vergebens in der halben Stadt herumtappte, um ein
Abendessen zu finden. Überhaupt scheint in Lyon
aller Luxus mehr in das Innere der Häuser, hinter
verschlossene Türen verbannt zu sein, als sich

äußerlich zu zeigen; man findet die meisten Artikel desselben in hundert Buden an den Straßen aufgestellt, aber nie öffentlich angewandt; mir ist nicht einmal, so lange ich mich hier aufhielt, eine einzige Equipage zu Gesicht gekommen, die man so hätte nennen können, eine Simplizität, die kaum in der Schweiz angetroffen wird, wo die Equipagen durch Luxus-Gesetze verboten sind.

An der plötzlichen Schnelligkeit, mit der das Schiff zu gehen anfing, bemerkten wir, dass wir die Saône verlassen hatten und in die Rhone eingelaufen waren. Ein schwacher Schein erhellte allmählich die dämmernde Gegend, und wie optische Schatten aus einer Rauchwolke hervorgehend, immer größer und deutlicher auf uns zuschweben, bis sie endlich in ihrer wahren Gestalt vor uns stehen, so wanden sich nach und nach die Gegenstände aus der verhüllenden Nacht und reihten sich, von der kommenden Sonne gerötet, im glänzenden Kreise umher.

Der reißende Strom der Rhone führte uns halb bei Vienne vorüber, das in einer angenehmen Lage am Ufer des Flusses sich ausbreitet. Gern hätte ich seine Altertümer besucht, aber das Schiff hielt nicht an, und in wenig Minuten waren schon die letzten Türme der Stadt unseren Blicken entschwunden. Die brennende Hitze, der wir ohne Schutz in dem offenen Schiff ausgesetzt waren, verursachte mir gegen Mittag ein heftiges Kopfweh, das mich für die Schönheiten der Gegenden, die wir durchreisten, ziemlich unempfindlich machte; kaum warf ich einen flüchtigen Blick auf die mit Reben bedeckten Ufer, die den köstlichen Wein von Côte-Rôtie und Hermitage uns liefern. Auffallend waren mir dennoch die Menge Ruinen und zerstörten Flecken, bei denen wir unaufhörlich vorbeikamen; einige waren ehrwürdige Überreste des Altertums und der Ritterzeit, die meisten aber nur traurige Zeugen der Verwüstungen der Revolution. Gegen Abend kamen wir, nach einer Tagesreise von beinahe 20 Lieues in Valence an, wo wir einige Stunden, um Provisionen einzunehmen, anhielten, und dann mitten in der Nacht weitersegelten. Von den unerträglichsten Kopfschmerzen geplagt, auf dem bretternen Fußboden des Schiffs hingelagert und den Kopf an eine Tonne angelehnt, gelang es mir nach einer grausamen Nacht, erst gegen Morgen etwas einzuschlafen; kaum mochte ich indes eine Stunde geruht haben, als einer der neben mir liegenden Soldaten, von einem lebhaften Traume beunruhigt, mir einen so heftigen Stoß mit den Füßen versetzte, dass ich erschrocken in die Höhe fuhr. Um mich zu erhalten, will ich die Hand auf die Tonne stützen, greife aber unglücklicherweise meinem ebenfalls schlafenden Reisegefährten grade ins Gesicht, der mit einem Schrei aufspringend mich auf zwei andre Soldaten zurückwirft, und unser allgemeines Fluchen und Lärmen nach und nach die ganze Artilleriekompanie erweckt. Die Sonne ging eben feurig über den blauen Bergen auf und erleuchtete mit ihren goldenen Strahlen die bärtigen Angesichter der schlaftrunkenen Krieger, als dieses tragikomische Erwachen vorfiel; ein freudiges Morgenlied begrüßte aus aller Munde die Göttin des Tages und ich vergaß, durch den kurzen Schlummer gestärkt, die ausgestandenen Leiden bei einem Frühstück saftiger Pfirsiche, die Herr von Wulffen, stets sorgsam, für uns in Valence gekauft hatte, während ich krank im Schiff zurückgeblieben war. Diese Entbehrung empfand ich umso schmerzlicher, da das Schloss meiner Mutter, die in diesem Augenblick zwar nicht in Frankreich lebte, nur eine Stunde von Valence entfernt ist, und ich es nie gesehen habe.

Der Wind war uns heute entgegen und die Reise ging viel langsamer vonstatten, aber gleichsam als wollte die reizende Gegend uns einen Ersatz für das längere Verweilen anbieten, schmückte sie sich jeden Augenblick mit veränderter Schönheit. Bald türmten sich nackte Felsen mit bemoosten Ruinen bedeckt senkrecht über uns empor; bald wieder sahen wir uns rund umher von grünen Rebenwänden wie in einer weiten Laube eingeschlossen; ein anderes Mal erblickte man durch Silberpappeln und Mandelbäume das entfernte Land bis an die dunklen Berge, im mannigfachs-

ten Spiel der Farben schimmern, bis kurz darauf ein kleiner Archipel von buschbedeckten Inseln neidisch jede Aussicht in die Ferne verbarg.

Nicht ohne Interesse wandte ich meine Augen zuweilen von der schönen Natur hinweg auf unsre lustige Schiffgesellschaft und hörte ihren Gesprächen zu. Nur wenige spielten, keiner rauchte, die meisten hatten sich unter ihre Mäntel hingelagert, die sie barackenähnlich mit im Schiff gefundenen Holzscheiten gegen die Sonne ausgebreitet hatten; dort unterhielten sie sich von allerlei Gegenständen, die nicht selten in wissenschaftliche Fächer einschlugen. Für uns Deutsche ist es ein großer Stoff zur Bewunderung, den gemeinen französischen Soldaten oft so gebildet, so voll Ambition, und doch so artig und zuvorkommend zu finden, als wir es nicht selten bei unseren Offizieren vergeblich suchen. Keine Spur hier von jenem verderblichen Stolz gegen den friedlichen Bürger, von jenem Glauben, einen Nichtsoldaten ungestraft beleidigen zu können; im Gegenteil habe ich bemerkt, dass sie sich eher einige Freiheiten gegen Ihresgleichen als gegen Fremde erlauben, obwohl keiner eine wahre Beleidigung, auch von seinem besten Kameraden, erträgt, in welchem Fall der Gemeine hier dem *Point d'honneur* (ohne zu untersuchen, ob dem wahren oder falschen, denn was einmal allgemein angenommen ist, bleibt immer eine Verbindlichkeit für jeden Einzelnen) ebenso strenge Folge zu leisten sich verbunden glaubt als sein General.

Gegen Mittag fuhren wir unter einer schönen Brücke hindurch, die in 24 Bogen über den Fluss führt. Sie wird *le Pont de St. Esprit* genannt, obgleich man sie eigentlich dem Teufel zuschreibt, der sie in einem Tag und einer Nacht erbaut haben soll, wie uns der Steuermann berichtete. Da der Wind immer heftiger wurde, und das Schiff fast gar nicht mehr vorrückte, so wurde 5 Lieues von Avignon (die hiesigen Lieues sind fast so stark wie geografische Meilen) gelandet, und wir erfuhren, dass hier abermals biwakiert werden würde, bis sich der Wind gelegt habe. Die gestrige Partie dieser Art war mir noch zu lebhaft im Gedächtnis, um mich ihr zum zweiten Mal auszusetzen, ich entschloss mich daher, meine Sachen der gütigen Obhut meines Freundes zu übergeben und allein zu Fuß nach Avignon zu gehen.

Mitten durch die Felder wanderte ich über Stoppeln und Anger der großen Straße zu, während oft liebliche Wohlgerüche südlicher Pflanzen mich umdufteten, ich mir aber die Füße auch oft an stachligen Kräutern zerstach, mit denen die Felder über und über bedeckt waren. Von Zeit zu Zeit erfrischte ich mich an den süßen Trauben und Feigen, die wie wild auf dem sandigen Boden umherwuchsen, und fast allein die traurige Öde der Gegend unterbrachen, wo ich vergebens die frischen Matten und schattigen Lauben der Schweiz aufsuchte. Das schöne mittägliche Frankreich erschien hier in der Nähe ganz anders als dort, wo vom Schiff aus in der Ferne gesehen die niedrigen, sparsam zerstreuten Bäume noch in dichtes Gebüsch zusammentraten, der großblättrige Wein mit sanftem Grün die Gegend überzog und die verschmelzende Undeutlichkeit des Ganzen meiner Fantasie, es nach Gefallen zu verschönern, freien Spielraum ließ. Alles trug in Wahrheit einen fremden, eignen Charakter, den ich bisher noch nie angetroffen hatte, aber es war ein schwermütiger Eindruck, den er zurückließ; kein freudiger Gesang der Vögel belebte hier, im Hain noch auf der Flur, die immerwährende traurige Stille, keinen der hohen Bäume unsers Nordens sah ich die majestätischen, weiten Zweige um sich ausbreiten, kein grünes Gras, keine blumenreichen Wiesen begegneten meinem suchenden Auge; kurzen Weidenstöcken gleichende Oliven und Mandelbäume, deren schmale Blätter kaum einem Insekte Obdach geben, niedrige, einzeln stehende Maulbeerbäume, deren gelbliches Grün nicht für ihre unmalerische Form entschädigt, und nur desto lebhafter den dürren Sand unter ihnen bemerklich macht, düstre Zypressen, die an den Tod erinnern, unübersehbare mit Steinen bedeckte Anger, deren wüstes Ansehen nicht dadurch vermindert wird, dass sie mit Thy-

mian und Lavendel bewachsen sind, kahle nackte Felsen in der Ferne, deren weißen Kalkstein man in einem andern Lande für Schnee halten würde – dies waren die Gegenstände, die ich bei brennender Sonnenhitze durch den Staub der Straße, von dem selbst das wenige Grün in der Nähe grau gefärbt war, erkennen konnte. Nur selten fand ich in der Folge hie und da am Wasser kleine Wiesen von Weiden und Silberpappeln eingefasst, die wie eine Oasis in der Wüste hervortraten. Wie schwer möchte es sein, dachte ich bei mir selbst, hier das reizende Dörfchen aufzufinden, wo die kleine Margot wohnt.

Die Ernte war schon vorbei, und alle Felder leer, was noch mehr zum toten Ansehen der Gegend beitrug; an vielen Orten sah ich das Getreide, anstatt des bei uns üblichen Dreschens, durch Pferde auf dem Felde austreten, die man im Trabe darauf herumtrieb.

Schon in einiger Entfernung von Orange bemerkte ich den Triumphbogen des Marius, der nahe am Stadttore steht. Da ich ihn nicht ganz genau erkennen konnte, fragte ich einen wohlgekleideten Mann darnach, der auf mich zugeritten kam; er antwortete, es sei ein Altertum aus den Zeiten der Semiramis und sehr merkwürdig. – Bei aller Superiorität, die die Franzosen über uns zu haben glauben, und in Hinsicht auf Lebensbildung mit Recht in Anspruch nehmen, ist doch auch ihre

Unwissenheit dem hierin besser erzogenen Deutschen stets höchst auffallend.

Es ist zu verwundern, wie gut dieses Monument noch erhalten ist, obgleich es nur aus Sandstein besteht, der in einem weniger milden Klima längst in Staub zerfallen sein müsste. Von den Figuren und Basreliefs ist wenig mehr zu erkennen, aber ein großer Teil der schön gearbeiteten Zierraten ist fast unversehrt geblieben. Derselbe Bogen des Triumphs und der Ehre diente in der Revolution zum Ort der Hinrichtungen!

Ich ging diesen Abend noch bis Cortesone, einem großen Dorfe, drei Lieues von Avignon. Hier setzte man mir zum ersten Mal alle Speisen mit Öl zubereitet vor, und obgleich es Provenceröl war, so hätte ich doch die mittelmäßigste Butter sehr vorgezogen; vielleicht ist die Gewohnheit daran Schuld, aber ein in Öl gebratnes Huhn, in geschmortem Öl schwimmendes Kraut usw. bleiben für mich immer sehr ekelhafte Gerichte. Früh um fünf Uhr setzte ich meinen Wanderstab weiter, und sah bald die Sonne glänzend über den hohen Ventoux und seine kahle Felsenkette emporsteigen, die sich links der Straße in weiter Entfernung hinzieht. Der bezaubernde, immer mit hundert Farben spielende Himmel, dessen samtartige bunte Wolken oft nur wie zarte durchsichtige Flocken in dem Azur des Äthers schweben, scheint für die öde Traurigkeit des Landes entschädigen zu wollen, die so selten das Auge durch eine frischere Ansicht überrascht. Ich bemerkte oft eine Art hohen Schilfes, das auf trocknem Boden wuchs und mir Laien in der Botanik unbekannt war; große Brombeerhecken am Wege, in die sich Mandelzweige und Weintrauben einrankten, boten mir ein dreifaches Frühstück an, das ich besser zu beurteilen verstand und auch nicht verschmähte, obgleich manches provenzalische Ehepaar, das behaglich zusammen auf einem Eselchen sitzend, bei mir vorbeigaloppierte, mitleidige Blicke auf den armen Teufel herabwarf, der seine Mahlzeit an den Hecken suchte.

Man begegnet im mittäglichen Frankreich fast keinem vierrädrigen Wagen mehr, selbst die bepacktesten Frachtwagen, die ich sah, hatten nur zwei Räder, deren Breite aber oft eine Viertelelle überstieg, eine für Erhaltung der Straßen sehr nützliche Einrichtung, die aber bei uns unnötig ist, wo es keine Straßen gibt. Diese zweirädrigen Karren werden meistenteils von stattlichen, großen und schön angeputzten Mauleseln gezogen, die mir mehr als die stärksten Pferde zu leisten schienen.

Eine halbe Stunde vor Avignon wird die Gegend etwas lebhafter, die Felder sind dichter mit Wein bedeckt und die Anzahl der Bäume größer als bisher; rund um die Stadt führt eine Allee von Rüstern und eine hohe ausgezackte Mauer, an der ich lange vergebens hinzog, ehe ich ein Tor entdecken konnte. Im Gasthofe der Madame Perron traf ich Wulffen wieder an, der unter vielem Ungemach die Nacht um drei Uhr hier angekommen war.

Hermann Fürst von Pückler

Textnachweis

Michael Bengel: Auskünfte über den Lavendel, aus: Ders., Lesereise Provence. Farbenspiel im Schatten des Mistral © 2014, Picus Verlag GmbH, Wien.

Reinhard Irskens: Hommage an die Provence, aus: Ders., Hommage an die Provence. Eine lyrische Wanderung durch das Land des Lichts © 2001, Ari Verlag, Essen.

Brigitte Guggisberg: Willkommen in der Provence, aus: Dies., Willkommen in der Provence © 2017, Diana Verlag, München, in der Penguin Random House Verlagsgruppe GmbH.

Alphonse Daudet: Die Sterne, aus: Jean Giono, Die Sonntagswahrheit. Meistererzählungen aus der Provence. Ausgew. und übers. von Heinz Zehnder © Heinz Zehnder.

Paul Aréne: Feigenhans, aus: Martine Passelaigue, Marlies Müller-Bek (Hrsg.), La provence, un florwilège, Edition Langewiesche-Brandt © 1997 Dt. Taschenbuch Verlag, München.

Bildnachweis

S. 5, 6, 14, 24, 34, 48, 54, 66: © stock.adobe.com/imagination13 (Lavendelgrafik); S. 6/7, 9: © stock.adobe.com/ronnybas; S. 12, 32, 47, 53, 65, 79: © stock.adobe.com/Dasha Yurk (Lavendelillustration); S. 13: © stock.adobe.com/icemanphotos; S. 14/15: © stock.adobe.com/ Vaceslav Romanov; S. 17: © stock.adobe.com/ Edler von Rabenstein; S. 21: © stock.adobe.com/nikla; S. 23: © stock.adobe.com/Livio D; S. 24/25: © stock.adobe.com/ dvoevnore; S. 27: © stock.adobe.com/Mytho; S. 31: © stock.adobe.com/Tara Design; S. 33: © stock.adobe.com/Anton Gvozdikov; S. 34/35: © stock.adobe.com/Marina; S. 37: © stock.adobe.com/Dar1930; S. 41: © stock.adobe.com/Richard Semik; S. 43: © stock.adobe.com/chanelle; S. 45: © stock.adobe.com/ahavelaar; S. 48/49: © stock.adobe.com/Ana Tramont; S. 51: © stock.adobe.com/ClaraNila; S. 54/55: © stock.adobe.com/michelgrangier; S. 57: © stock.adobe.com/LR Photographies; S. 61: © stock.adobe.com/Marchal Jeremy; S. 63: © stock.adobe.com/MEGA; S. 66/67: © stock.adobe.com/andriigorulko; S. 71: © stock.adobe.com/ dudlajzov; S. 75: © stock.adobe.com/Tomas Marek.

Wir danken allen Inhabern von Text- und Bildrechten für die Abdruckerlaubnis. Der Verlag hat sich darum bemüht, alle Rechteinhaber in Erfahrung zu bringen. Für zusätzliche Hinweise sind wir dankbar.